예감의 우주

예감의 우주

김나현

위즈덤하우스

차례

1

우주로 향하는 한 여자가 있었다. 여자는 우주가 무엇인지, 어디에 있는지도 몰랐지만 그곳으로 가고 있었다.

당연하게도, 우주로 향하는 여자는 우주로 가는 우주선을 타고 있었다.

우주선의 이름은 TY-35.

여자는 이것을 운명적으로 발견했다,
라고 친구들에게 말했다. 친구들은 여자의
말을 믿지 못했다. 친구 중 하나가 우주선을
보여달라고 했다. 여자는 우주선은
존재하지만, 아직은 보여줄 수 없다고,
보여준다고 하더라도 알아볼 수 없을 거라고
했다. 아직 선으로만 이루어진 2차원의
존재이기 때문이었다. 하지만 조만간 3차원의
물질이 될 거라고, 그때는 두 눈으로 우주선을
볼 수 있을 거라고 했다. 친구들은 약간
난감했다. 하지만 여자를 이해하기로 했다.
여자는 최근 오랫동안 사귄 애인과 결혼을
앞둔 상황에서 이별했고, 위염에 시달리고
있었다. 친구들은 몸과 마음의 건강을
되돌리는 데 약간의 공상이 도움이 될 거라고,
지금 여자에게는 비현실의 세계가 필요할
거라고 몰래 쑥덕거렸다.

그로부터 일주일 후, 여자는 캡슐처럼 생긴 비행선을 찍어 자신의 SNS 계정에 올렸다. 여자가 우주선이라고 하지 않았다면 결코 알아볼 수 없는 모양새였다. 그것은 노란색과 빨간색이 반씩 붙어 있는, 거대한 알약처럼 보였다. 정말로 우주에 갈 수 있을지 의문이 들었지만, 여자는 이것, 그러니까 TY-35를 타고 곧 우주로 떠날 거라는 글을 남겼다.

사진을 올린 다음 날, 여자는 정말 우주로 떠난 것인지 갑자기 사라져버렸다. 회사도 나오지 않았고, 전화도 연결되지 않았다. 여자의 부모조차 행방을 몰랐다. 곧 실종 신고가 접수되었다.

얼마 후 SNS 게시글이 캡처되어 소규모

커뮤니티에서 공유되었다. 어떻게 정보가
흘렀는지, 여자의 일들이 작게 기사화되었다.
이 기사를 근거로 누군가 동영상 플랫폼에
올린 '사라진 여자와 우주선'이라는 짜깁기된
조악한 영상은 얼마 지나지 않아 이슈가
되었고, 여자의 이야기를 퍼트리는 매개가
되었다.

　　잡지사와 신문사에서 여자의 친구들을
찾아왔다. 처음에 그들은 순진하게도 몇몇
인터뷰에 응했다. 여자가 다니던 회사도
공격을 받았다. 도대체 여자는 회사에서 어떤
존재였는가. 그 물음에 여자와 함께 회사를
다닌 인턴이 결정적인 한마디를 했다. "그분은
점쟁이 같았어요." 그에 따르면 여자는 회사에
무슨 일이 생길 때마다 예언 비슷한 말을
건네고는 했다는 것이다. 얼마 전에는 워크숍

도중 차가 전복되는 사고가 일어날 거라고 경고한 적도 있었다. 워크숍 당일 바람이 심상치 않았고, 여자가 지나가는 소리로 차가 뒤집힐 수도 있겠는데요, 라고 한 것을 인턴은 기억해냈다.

기자들은 한번 문 먹잇감을 놓치지 않았다. 연예인 스캔들 기사보다 여자의 예언에 대한 이야기가 더 많은 클릭 수를 얻었다. 며칠 동안 블러 처리된 여자의 모습이 담긴 기사들이 온라인상에 무수히 올라왔다.

방송사도 기민하게 움직였다. 그들은 여자를 대상으로 무언가를 만들어보고 싶어 했다. 그 때문에 여자의 전 남자친구인 K는 수도 없이 이어지는 섭외 전화에 녹초가 되어버렸다. 그는 방송에 나오는 것을 끝까지

거부했지만, 제작팀은 끈질겼다. 그는 극단의
조치로 당분간 전화기를 꺼두기로 했다.

　여자가 사라지고 두 달쯤 지났을 때였다.
K는 여자와 자신의 집 사이에 놓여 있던,
고가 밑 8차선 도로가 싱크홀로 가라앉았다는
뉴스를 들었다. 꼭 밤 10시 반, 여자를
데려다주고 돌아오곤 하던 길이었다. K는
연락이 닿지 않는 여자를 떠올리면 어쩐지
눈물이 났다. 여자는 그가 자신과 헤어지지
않으면 죽게 될 거라고 했다. K는 그 말이
아직도 생생했다. 경우의 수를 아무리 다르게
맞춰보아도, 미래의 퍼즐은 꼭 '죽음'을
가리키고 있다고 했다. K는 그 말이 무슨
뜻이었는지 싱크홀로 가라앉은 두 대의 차량
인명 사고 뉴스를 보고서야 짐작할 수 있었다.
하지만 그런 이야기를 방송에서 함부로

내뱉을 수는 없었다. 짐작뿐인 일이었다.
적어도 여자의 회사 인턴처럼 입을 놀리고
싶지는 않았다.

　곧 여자의 이야기는 연예인들의 마약
사건이 줄줄이 터지면서 서서히 잊혀졌다.
오직 여자와 친분이 깊던 사람들만이 여전히
여자에 대해 궁금해했다. 그러나 타인에 대한
궁금증이 언제나 비슷한 결말로 나아가듯,
1년이 지나고 2년이 지나면서, 여자의 부모를
제외한 다른 이들은 특별히 여자를 떠올리지
않게 되었다.

❖

　여자는 자신이 어디에 있는지 전혀
파악할 수 없었다.

우주선 안에 장착된 모니터는 바깥의
모습을 보여주고 있었지만, 아무리 시간이
흘러도 우주선 밖의 풍경, 아무래도 우주라고
짐작되는 그 광활한 전경은 깜깜하기만 했다.

여자가 타고 있는 우주선의 외관은
길쭉한 캡슐 모양이었지만, 내부는 다섯
사람 정도가 몸을 누이면 꼭 맞을 법한 작은
방처럼 설계되어 있었다. 방의 한 면에는
침대가 있었고, 그 맞은편으로 우주선 바깥을
보여주는 모니터가 놓여 있었다. 그리고
모니터 옆에는 오랫동안 보관이 가능한
건조식품이 쌓여 있었다. 그 때문에 캡슐
내부가 더 좁아지기는 했지만, 하루에 몇 번씩
남아 있는 식량의 개수를 세는 일로 여자는
시간을 보낼 수 있었다. 여자는 벌써 750일을
우주선에서 보내고 있었다.

원래 여자는 TY-35에 탈 생각이 없었다.
우주로 갈 생각이 없었다.

TY-35를 발견한 순간부터 절대 이것에
몸을 싣지 않을 거라고 다짐했다.

그러나 한참을 바라보던 설계도면에서
TY-35를 이루고 있는 선분들이 한 줄 한 줄
허공으로 둥실 떠올랐을 때, 여자는 자신이
그것을 타게 될 거라는 예감을 받았다. 가끔
찬란하고 아름다운 은하수를 만날 수도
있지만, 대부분의 시간은 은하수와 같은
무언가를 발견하기 위해 기다려야만 하는
세계. 여자는 그 세계의 적막함을 생생히
느낄 수 있었다. 그래서 그런 곳으론 결코
가지 않을 거라고 결심했다. 그러나 하루하루
지날수록 자신이 TY-35를 타지 않을 도리가
없다는 사실을, 그 고독한 풍경 속으로 떠날
수밖에 없다는 사실을 깨달아갔다.

그것은 의지와 운명의 문제였다.

꽤 오랫동안 여자는 의지와 운명이,
스스로 해결할 수 있는 문제라고 생각했다.
그동안 '예감'은 여자가 화를 피하도록
도왔다. 열여덟 살 때 여자는 졸음이 쏟아지던
국어 시간에, 신축된 교회 건물로 모르는
누군가를 따라갔다가 자신의 교복 블라우스
단추가 모두 뜯기는 모습을 보았고, 다음
날 등굣길에 바로 그 누군가를 횡단보도
맞은편에서 맞닥뜨렸다. 여자는 거의
본능적으로 등을 돌려 집으로 돌아왔다.
그날은 다시 학교에 가지 않았다. 그날이
시작이었다.
예감이 자주 오는 것은 아니었지만, 올
때마다 여자를 도왔다. 바로 얼마 전에는
국도에서 회사 차가 뒤집힐 거라면서, 사고가

일어나게 될 국도 대신 고속도로 쪽으로
차를 진입하게 했다. 여자가 강압적으로 차
핸들을 꺾으려고 해서, 당황한 운전자가 한번
봐준다는 식으로 그렇게 길을 돌렸던 것이다.
여자는 그날 저녁 그 자리에서 그 시각에 다른
차가 뒤집혔다는 소식을 들었다.

다시 예감이 왔을 때, 여자는 이번에도 할
수 있을 거라고 생각했다.
K의 죽음이 예감되었을 때, 여자는 너무
가까운 사람의 죽음을 미래에서 목격한 터라
무엇을 먼저 해야 할지 판단하지 못했다.

K가 죽는 예감은 갑자기 시작되었다. 첫
번째는 자신과 함께 수목원에 간 K가 진드기
유충에 물려 죽는 것이었다. 그래서 여자는
데이트 코스로 절대 수목원을 언급하지

않았고, 수목원이 아니더라도 나무와 꽃,
숲이 울창한 곳에는 발도 들이지 않았다.
이후 두 달쯤 지났을 때 두 번째 예감이
왔다. 점심으로 스테이크를 먹다가 고기가
목에 걸려 K가 질식하는 것이었다. 여자는
점심으로 스테이크는 물론 어떤 육류도
입에 대지 않기로 했다. 세 번째는 둘이 함께
다니던 모교를 찾아갔다가 발을 헛디뎌,
학교의 상징인 119개 계단에서 굴러떨어져
죽는 것이었다. 네 번째는 국화 축제에 갔다가
말벌에 쏘여 죽는 것이었다. 길게는 두 달,
짧게는 일주일을 주기로 찾아오는 예감은 늘
K를 죽였다. 다섯 번째는 싱크홀이었다. 둘이
싱크홀로 떨어지는데, K만 죽을 예정이었다.
싱크홀, 도대체 어디에 있는 싱크홀인가.
결정적인 것은 여섯 번째 예감이었다. K가
자신이 아닌 다른 사람과 결혼식장으로

입장하는 장면을 보여주는 희미한 예감. K는
너무나 건강한 모습으로, 그 다른 사람과 다
늙을 때까지 아주 잘 살 것이었다.

　　10년을 사귄 K가 여자에게 청혼을
한 것은, 여자가 여섯 번째 예감을 받고
일주일도 지나지 않아서였다. 여자는 청혼을
거절했다. K는 청혼이 받아들여지지 않은
것에 당황했다. 여자는 깊이 고민했다.
K와 헤어지면, 앞으로 그는 수목원에도 갈
수 있고, 점심으로 고기도 먹을 수 있고,
그리워하던 모교에도 갈 수 있었다. 그리고
행복하게 늙어갈 수 있었다.
　　여자는 K에게 자신을 계속 만나면 그가
싱크홀에 빠져 죽을 것이라고 했다. 문제는
그 싱크홀이 어디에 있는 것인지 알 수 없고,
그러니까 반드시 헤어져야 한다고, 헤어지면

아마도 자신의 여섯 번째 예감이 실현될
거라고 했다. K가 행복하게 살아가리라는
예감.

물론 K는 그 말을 온전히 믿을 수 없었다.
K는 여자의 거절을 진지하게 받아들이지
않았다. 그는 여자에게 청혼하기 전 무리할
정도로 대출을 받아 아파트를 마련한 터였다.

그러게, 누가 그렇게까지 하랬어?

이게 누굴 위한 건데.

누굴 위한 건데? 설마 나야?

너지. 그럼 누구야?

여자는 K의 무모한 대출에 화가 났다.
그렇게 얻은 집에서 앞으로 K는 다른 사람과
살게 될 것이었다. 그 미래를 상상하는 것이
여자를 더욱 힘들게 했다.

헤어지지 않으려는 K를 상대로 이별하는
일은 쉽지 않았다.

여자는 미친 척도 해봤다. 미친 척이라고 할 것도 없이, 자신이 겪고 있는 일들을 솔직하게 말하면 되었지만.

나는 미래를 봐. 내 미래에서 넌 죽어. 죽지 않으려면 나랑 헤어져야 돼.

물론 K는 그 말을 믿지 않았다. 다만 한 달 정도의 매달림 끝에, 여자가 자신에게 돌아올 리 없다고 확신하게 되었다. K는 지쳤고, 그만하기로 했다. 그사이 여자의 모든 의지는 이별을 위해 소모되었다. 결국 여자의 의지대로 K와의 이별은 완수되었다.

그래서 TY-35를 발견했을 때, 여자에게는 자신의 결심을 붙들어줄 의지가 남아 있지 않았다. 여자는 그저 순리를 따라야 했다.

❖

    여자는 우주선 안으로 들어온 이후,
미래를 예감할 수 없게 되었다.

    능력이 사라졌거나, 그게 아니라면 여자의
미래가 사라진 것이었다. 지금 여자는 자신이
TY-35에서 나갈 수 있는지, 혹은 이 안에서
이대로 죽음을 맞이할지 알고 싶었다. 어떤
결말이더라도 받아들일 마음의 준비가 되어
있었다. 그 결말이 결국 외로운 죽음이더라도
상관없을 것 같았다. 여자에게 견딜 수 없는
것은 죽음을 예견하는 것보다 더 이상 미래를
알 수 없는 현실이었다.

    여자가 TY-35에 들어오고 얼마 동안은
상황이 나쁘지 않았다. 건포도와 다른
건조식품, 그리고 책이 있었다. 회사에 들어간

다음부터 책을 읽을 시간이 없었는데, 이곳에 들어오자 시간이 넘쳐났다. 여자는 우주선에 탑승하기 전, 칼 세이건의 《코스모스》와 레이 브래드버리의 단편집을 챙겼고, 학부 시절 읽고 다시 펼쳐보지 않은 책들, 제인 오스틴과 퍼트리샤 하이스미스, 카프카와 밀란 쿤데라, 앨리스 먼로와 도리스 레싱, 윌리엄 트레버와 레이먼드 카버, 앙리 보스코와 가스통 바슐라르, 칼 구스타프 융과 지그문트 프로이트, 그리고 오랫동안 책장에만 자리하고 한 장도 펼쳐보지 못한 모리스 블랑쇼 선집과 마르셀 프루스트의 《잃어버린 시간을 찾아서》 전집을 캐리어 한가득 채웠다.

고독한 우주선 안에서, 정독과 재독이 여자의 일과가 되었다. 반복되는 독서는 1년쯤 흥미로웠다. 여자는 가져온 책을 두

번씩 읽었고, 책을 읽을수록 바깥 세계로
뛰쳐나가고 싶은 욕구를 느꼈다. 사람을
만나고 싶었다. 사람이든 동물이든 살아 있는
생물을 닮은 인형이라도 하나 가져오지 않은
것을 후회했다. 인형이라도 있었다면 덜
지루할 것 같았다. 우주선을 탄 후 5백 일이
지날 무렵부터는 베개와 대화를 나누거나,
그마저 지겨워지면 자신이 할 수 있는 유일한
것을 했다.

여자는 상상을 했다.

상상이 시작될 때면, 여자는 하얀 시트가
깔린 푹신한 침대 위로 몸을 뉘였다. 그
침대는 완벽하게 여자의 몸을 감쌌다. 침대에
누울 때마다 여자는 흡사 누군가에게 포근히
안기는 기분이 들었다. 그래서 침대에 눕는

행위는 여자가 우주선 안에서 지극한 행복을
맛볼 수 있는 유일한 수단이 되었다. 여자는
누운 채로 어떤 풍경들을 떠올렸다.

❖

　상상 속에서 여자는 아직 회사에 다니고
있었다. 일주일 휴가를 받아 포르투갈 여행을
하는 중이었다. 리스본에서 이틀 지낸 후,
버스를 타고 건너와 포르투 시내와 도우루
강변 사이 터미널에 내렸을 때, 여자는 처음
포르투에 오는 것인데도 그리운 곳으로
돌아온 듯 벅찬 기분을 느꼈다.
　여자는 먼저 도우루 강변 쪽 숙소에
짐을 맡기고, 소아레스 도스 레이스 국립
미술관으로 향했다. 문을 닫기까지 한 시간도
채 남아 있지 않았지만, 여자는 친절을 베푸는

미술관 직원들 덕분에 전시실로 입장할 수 있을 테고, 자신이 모든 전시물을 찬찬히 보는 동안, 그들이 근무시간을 초과하여 기다려줄 것을 알았다. 그 일은 그렇게 정해져 있었기에, 여자는 특별히 누군가에게 미안하거나 감사할 필요가 없다고 생각했고, 적어도 상상 안에서 자신의 예감이 회복된 것에 안심했다.

미술관 앞에 도착했을 때, 여자는 행색이 남루한 행인과 마주쳤다. 그는 칼라와 소매가 희끗희끗하게 닳은 푸른색 셔츠를 입고, 짙은 남색 바지 밑단이 터져 올이 풀려 나온 차림을 하고 있었다. 씻지 않은 듯 얼굴색이 탁하고, 어두운 갈색 머리칼에는 기름기가 반질거렸다. 그것은 예감하지 못한 일이었지만, 여자는 당황하지 않았다. 어차피 모든 일은 정해져 있었다. 무슨 일이 일어나든 여자는 안전하게 미술관에 들어갈 것이었다.
여자는 편안하게 그를 마주 보았다. 그는
누런 이가 다 보이도록 미소 지으며 천천히
여자 쪽으로 다가왔다. 여자는 행인이 바지
주머니에서 손을 꼼지락거리며 무언가를
꺼내려는 모습을 지켜보았다. 여자는 그가
칼이나 술병을 꺼낼 거라고 짐작했지만,
그렇지 않았다. 그는 주머니에서 여러 번
접혀 두꺼워진 종이 한 장을 꺼냈다. 그리고
그것을 여자에게 내밀었다. 손을 쭉 뻗으면
닿을 듯 말 듯한 거리를 둔 채 발끝을
세워 손을 내밀고 있었다. 그 동작은 약간
우스꽝스러웠고, 간절해 보이기도 했다.

　　여자가 종이를 받자 행인은 곧바로 등을
돌렸다. 그리고 점점 멀어졌다. 여자는 한
주먹 가득 잡히는 종이를 받아 들고 잠시
멍하니 서 있었다. 그러다가 세차게 도리질을

하고, 종이를 던지듯 가방에 집어넣고,
미술관으로 들어갔다. 미술관이 문을 닫기
10분 전이었다. 여자는 아무런 거리낌 없이
2층으로 향하는 계단을 타고 전시실로
올라가려고 했다. 그때 데스크 직원이
여자를 불렀다. 직원은 입장 마감은 30분
전에 끝났고, 이제 곧 미술관이 문을 닫을
시간이므로 전시실을 둘러볼 수 없다고 했다.
여자가 침울한 얼굴로 발길을 돌리려 하자,
마음 약한 미술관 직원이 어쩔 수 없다는 듯
한 발 물러섰다. 그는 뒷정리를 하는 얼마의
시간 동안 여자에게 전시실을 둘러보라
했다. 여자는 이미 그렇게 될 것을 알았기에,
여유롭게 그에게 감사를 표한 후 희미한
미소를 지었다.

미술관을 둘러본 후 여자는 도우루 강변

쪽으로 걸어가 저녁으로 고기와 치즈와 햄이
들어간 프란세지냐를 먹었다. 조금 걷다가
숙소로 돌아와 행인이 준 종이를 펼쳐보았다.
여러 번 접어놓은 종이를 펼치자, 숙소
침대의 절반이 가려졌다. 잠시 동안 가만히
올려두고 내려다보니 종이의 굵게 접힌
선들이 다림질을 한 듯 깔끔하게 펴지고
있었다. 종이에는 무수한 선을 가진 길쭉한
타원형의 물체가 그려져 있었다. 여자는 다음
순간 자신이 보게 될 것이 무엇인지 아주 약간
떠올랐고, 그것을 실제로 보기 전에 종이를
원래 상태로 접어 쓰레기통에 처박아버렸다.
여자는 호텔 직원들이 방을 청소할 때,
종이가 그들의 손에 치워지기를 기다렸다.
그러나 종이의 존재는 달의 인력처럼 여자를
끌어당겼다. 여자는 밤새 뒤척이다가 결국
쓰레기통을 뒤져 문제의 종이를 다시 꺼내

들었다. 한국으로 돌아올 때까지, 그 종이는
캐리어 속 개켜놓은 옷들 사이에 보관되었다.

   귀국 후 여자가 집에서 가장 먼저 한 일은
그 종이를 다시 펼치는 일이었다. 종이를
테이블 위에 펼치자, 누군가 종이의 네
귀퉁이를 잡아당긴 듯 접힌 선들이 그때처럼
팽팽해졌다. 여자는 그 선이 펼쳐지는 광경을
묵묵히 지켜보았다. 이내 다음에 무슨 일이
일어날지, 여자의 머릿속에서 조금씩 윤곽이
잡혔다. 종이는 새것처럼 빳빳해질 테고,
종이에 담긴 그림의 실체를 허공 위로 띄워
올릴 것이었다. 여자는 이 기묘한 광경이
실제로 일어나기 몇 초 전마다 미리 보고
있었으므로, 그 일이 일어나는 순간에는
그다지 놀라워하지 않았다. 여러 겹의 선으로
이루어진 길쭉한 동그라미, 여자가 그것을

'커다란 알약'이라고 생각하고 있는 동안,
종이는 자신이 품고 있던 선들을 공중으로
천천히 떠오르게 했다. 여자는 그다음 그다음
그다음 일어날 일들을 감지했다. 감지의
속도는 점점 빨라져, 여자는 더 먼 미래의
일들이 보이기 시작했다.

　그 미래에서 여자는 그것이 우주선을
그린 설계도라는 것을 깨달았다. 설계도 속
세밀한 선들이 허공에 떠오른 후, 색을 입고
실감나는 입체로 변하는 모습에 경이감을
느꼈다.
　우주선은 곧 여자가 살고 있는 열두 평
원룸 절반을 채웠다. 여자가 우주선을 지나
화장실로 가기 위해서는 숨을 한껏 들이마셔
몸을 최대한 얇게 만들어야 했다. 여자는 숨을
참으며 화장실로 향하던 중, 우주선의 문을

열고 들어가는 자신을 예감했다. 그 예감은
곧바로 우주선 내부의 풍경으로 이어졌다.

우주선 안은 단출했다. 침대와 모니터가
있었고, 침대 맞은편에는 커다란 지우개같이
생긴 상자들이 쌓여 있었다. 그 위에 시침과
분침을 가진 원형 시계가 있었다. 지구의
시간을 알려주는 듯한 그 시계는 눈으로 미처
따라가지 못할 정도로 빠르게 돌고 있었다.
그러는 사이 지우개처럼 생긴 상자는 하나씩
사라지며, 쌓여 있는 키를 줄여갔다. 여자는
수천 번 침대와 상자 앞을 오가며 상자의 수를
세어보는 자신을 볼 수 있었다.

식품 상자가 줄어든다는 것은 시간이
그만큼 지나가고 있다는 의미였다. 상자의
키가 처음보다 절반쯤 줄었을 때, 시계는
천천히 흐르기 시작했고, 여자는 지친 듯 침대
위로 몸을 던졌다. 침대는 약간의 미동으로

흔들릴 뿐 여자의 무게를 온전히 받아냈다.

여자는 무표정했고, 실패한 사람 같아 보였다.

여자의 주변으로 머리카락이 아무렇게나 뻗어

있었다. 여자는 눈을 몇 번 끔벅이더니 눈물을

흘렸다. 눈물은 관자놀이를 타고 귀로 흘렀다.

여자는 손을 들어 축축해진 귀를 닦았다.

문득 등과 허리가 뻣뻣해진 기분이 들어 몸을

오른쪽으로 틀어보았을 때, 여자는 자신이

침대에 접착된 듯 굳어버린 것을 알았다. 마치

죽은 사람의 몸처럼 움직일 수가 없었다.

　　여자는 상상을 멈추었다.

　　여자는 두 손을 허공으로 쳐들어 세차게

흔들었다. 그러나 등과 허리, 그 아래

하반신은 마음처럼 움직여지지 않았다.

허공에서 휘적거리는 얇은 팔이 보였다.

여자는 고개를 좌우로 돌려보았다. 머리에서
연결된 근육이 목을 타고 등과 허리로
이어지는 것을 느꼈다. 그러나 몸이 완전히
좌우로 틀어지지는 않았다. 여자는 팔을
허공에 치켜들고 파르르 떨었다. 자신이
뒤집힌 벌레처럼 느껴져서, 여자는 잠시 후
가만히 팔을 내려놓았다.

아무것도 할 수 없다는 감각이, 마비의
두려움과 함께 여자의 오랜 기억을 불러
일으켰다.

다섯 살 혹은 여섯 살 무렵, 여자는 물에
빠진 적이 있었다. 깊고 고요한 물이었다.
숨을 쉴 수 없다는 의식도, 고통도 없었고,
그저 물속에서 아무 소리도 들리지 않았다.
완전한 고요는 완벽한 평화를 느끼게 했다.
그곳은 목욕탕이었다. 목욕탕의, 유난히

탕이 깊던 미온탕이었다. 어린 여자는 그 욕조 가장자리를 걷다가 발을 헛디뎌 물에 빠진 것이었다. 누군가 어린 여자를 곧 건져냈다. 여자는 기억했다. 자신을 부드럽게 끌어 올리던 작은 손길. 그 덕분에 물에서 벗어나, 여자는 죽음에서 삶으로 건너왔다. 여자의 부모는 여자가 물에 빠져 있던 시간이 30초도 되지 않을 거라고 했다. 어린 여자는 그럴 리가 없다고, 30초보다 훨씬 더 긴 시간이라고 확신했다. 적어도 3분, 혹은 세 시간, 어쩌면 사흘, 어떤 때에는 3년처럼 느껴지기도 했다.

❖

순간 여자는 그 물속의 조용한 감각이, 지금 TY-35에서 느껴지는 적막과 비슷하다는 것을 깨달았다. 여자는 물에 빠졌던 기억을

다시 떠올리며, 손끝과 발끝에 힘을 빼고
몸이 물 위로 붕 떠오르는 순간을 상상했다.
그러면서 조금씩 몸을 움직여보았고, 곧 등과
허리가 자유로워지는 것을 느꼈다. 그렇게
하자 이제 여자는 움직일 수 있게 되었다.
침대에서 일어나 남은 식량을 세어보거나
우주의 풍경을 보여주는 모니터를 꺼버릴
수도 있게 되었다. 그러나 여자는 조금 더
누워 있기로 했다.

누워서 더 상상해보기로 했다.

예감이 없는 자신을.
평범하게 살아가는 자신을.
시간이 얼마나 걸리든 상관없었다.
죽음처럼 깊은 상상을 시작해보기로 했다.

2

   태영은 깜빡 잠이 들었다가 깼다.
자정이 넘어가는 시계를 한동안 바라보았다.
책상에는 읽어야 할 자료가 쌓여 있었다.
닳아진 고체 형광펜과 볼펜이 나뒹굴었다.
노트북 모니터에는 아무것도 쓰지 않은 빈
페이지가 떠 있었다. 아무것도 생각나지
않았다. 한 줄도 쓸 수가 없었다. 태영은
머리를 한껏 젖혀 의자에 몸을 기댔다. 그렇게
있다가 아무것도 하기 싫어졌다.

   태영은 일감을 옆으로 한껏 밀어
치워버렸다. 대신 책상에 흩어져 있던
이면지를 몇 장 뒤집어 그 위에 볼펜으로
그림을 그렸다. 태영은 웹에서 사진을
검색해, 복잡한 잎맥을 가진 식물 세밀화를
그려나갔다. 종이 세 장을 연결하여 나름의

대작을 그린 후, 태영은 그리는 일을
그만두었다. 그리고 다시 일감으로 돌아갔다.
자료를 읽고 키워드를 추출하고 핵심 카피를
썼다.

아침 8시가 되었을 때, 기획팀 전체
메일로 완료한 작업물을 발송하고, K에게
문자를 보내 제본을 부탁했다. 그런 후 태영은
따뜻한 물로 샤워를 했다.

태영은 소나기처럼 퍼붓는 물줄기에
뒷목을 갖다 댔다. 클렌저로 거품을 잔뜩
일으켜 얼굴을 문질렀다. 입은 앙 다물고,
코에는 거품이 끼어 숨을 쉴 수 없었다.
이상하게도 그럴 때마다 태영은 온전해지는
기분이 들었다. 언제부터 들인 습관인지
몰랐다. 숨이 바닥날 때까지 숨을 참는 일은
하루에 한두 번은 치러내야 하는 의식이 되어

있었다.

　숨을 참는 동안 태영은 10년 전 일을
떠올렸다. K가 목걸이를 건넸던 일. 금으로
된 얇은 줄과 오팔 원석이 빛나던 목걸이.
당시 경제 사정이 넉넉지 않았을 K가 단단히
마음을 먹고 준비한 선물이었을 테다. K가
그 목걸이를 손 위에 올려주었을 때, 태영은
손날을 비스듬히 기울여 그것을 그대로
땅으로 흘려버렸다. 오팔 원석은 콘크리트
바닥에 떨어져 크게 흠집이 나버렸다. K는
허리를 숙여 그것을 줍고, 없던 일로 하려던
것처럼 황급히 바지 주머니에 집어넣었다.
미안해, 라고 했던가. 태영은 기억나지 않았다.
태영은 물줄기 밑으로 얼굴을 들이밀고 숨을
거칠게 내뱉었다. 샤워를 마치고 나오자
문자가 와 있었다.

　하루 쉬고 와.

K는 태영이 밤샘한 것을 짐작했을 테고,
아마도 부장에게 약간의 거짓말을 더해
휴가를 받아냈을 것이었다. 태영은 선풍기를
약풍으로 틀어놓고, 헤어드라이어로 머리를
말렸다. 어깨를 넘은 중단발에 숱이 많아
어지간해서는 머리카락이 제대로 마르지
않았다. 태영은 베개에 마른 수건을 두
장 겹쳐놓고, 덜 마른 머리카락을 펼치듯
흐트러뜨려 그 위에 머리를 올렸다. 베개에
닿은 뒷머리가 축축했다. 뒤통수는 습기의
블랙홀에 빠진 것처럼 드라이어와 선풍기를
동시에 돌려도 잘 마르지 않았다. 어딘가
묵직하고 상쾌하지 못한 기분. 그것은 마치
태영이 지나온 삶 같았다.

태영은 네 번의 직장 경험이 있었다.
처음에는 대학 행정조교였다. 그다음은
학원에서 논술을 가르쳤고, 그 후 잠시 동안

교재 만드는 일을 했다. 이제는 어느 소기업의 기획부서 말단 사원이었다. 지금의 일을 하기 전까지 무엇 하나 끝까지 가본 적이 없었다. 고만고만한 상태에서 고만고만한 시기에 그만두었다.

지금의 회사는 K의 추천으로 들어온 곳이었다. 태영은 비슷한 시기에 회사에 들어온 이들에 비해 나이가 많았고, 그들만큼 기민하거나 밝지 못했다. 태영은 숨을 참는 버릇이 이 회사에 다닌 이후 생긴 것이라는 사실을 알고 있었다. 태영은 늘 열등감에 시달렸다.

중요한 것은 글을 쓸 수 있는 능력이야. 생각을 명확하게 정리하는 능력, 너에게는 그런 능력이 있어. 그걸 가진 사람은 흔치 않아.

K의 격려에도 태영은 불안했다. 툭하면

K에게 앞으로 무엇을 해야 할지 묻곤 했다.

아주 조금만 앞날을 알 수 있으면 좋겠어. 뭘 해야 할지 전혀 모르겠으니까.

네가 할 수 있는 걸 해. 더 읽고, 더 써.

더 하면 어떻게 되는데? 더 읽고, 더 써도, 아무것도 안 될까 겁나.

얼마 전 두 사람은 그런 이야기를 나누며 저녁으로 김치찌개를 먹었고, 메뉴가 김치찌개인 탓에 태영은 10년 전의 일이 다시 기억났다. 그 때문인지 회사로 복귀하는 길에 K를 뒤따라가다 슬며시 그의 손을 잡아버렸다. K는 태영의 손을 한 번 꽉 쥐었고 그다음에는 놀라울 만큼 자연스럽게 손을 놓았다.

다음 날, K가 청첩장을 건네주었을 때, 태영은 땅이 꺼지는 듯 마음이 무너져 내렸다.

❖

잠을 자기 위해서 태영은 노력했다.
캐모마일차를 마시고, 블라인드를 내려
집 안을 어둡게 만들고, 수면 음악을 낮게
틀어두었다. 그러나 잠들지 못하고 뒤척였다.
태영은 잠을 포기하고 일어났다. 소파에 앉아
숨을 참았다가 내뱉는 일을 두 번 반복했다.
벽에 걸린 시계를 보면서 초침이 돌아가는
수를 세었다. 태영은 90초까지 숨을 참을 수
있었다. 그러는 동안 한 가지 의문이 계속
태영의 마음에 맴돌았다.

　　그때 손은 왜 잡았을까. 모든 일은
김치찌개 때문인 것 같았다. 그 저녁 메뉴가
태영을 과거의 기억으로 돌아가게 했다. 10년
전 그때, K는 학교 구내식당에서 김치찌개를
먹으면서 땀을 흘리고 있었다. K의 바짝 깎은

머리칼 끝에 땀이 맺혀 있었고, 방울방울
모인 땀이 식판을 아슬아슬하게 비켜 테이블
위로 뚝뚝 떨어졌다. K의 얼굴은 술 취한
사람처럼 발갛게 익어 있었다. 여름에서
가을로 넘어가던 어중간한 계절이었다. 졸업
학기였고, 모의 면접이 있는 날이라 K는
긴팔 정장 차림이었다. 구내식당 에어컨
온도는 미적지근했다. 태영은 땀을 흘리는
K를 보면서, 도대체 누가 그와 사귀게 될지
걱정이라는 말을 했다.

　네가 사귈 거잖아.

　K가 불쑥 내뱉은 말에 태영은 눈살을
찌푸렸다.

　싫어!

　태영의 격한 반응에 K는 눈을 끔뻑이다가
웃음을 터뜨렸다. 태영은 웃지 못했다. 자신도
모르게, 싫어, 하고 그에게 내뱉은 것이

마음에 걸렸다.

밥을 먹고 구내식당에서 정문까지 걸어오는 길에 해가 지고 있었다. 인적이 드문 캠퍼스, 플라타너스 가로수, 오렌지빛 하늘, 잔디로 덮인 운동장, 공 차는 소리⋯⋯. 고백하기 좋은 타이밍이 있다면, 바로 그런 순간일 것 같았다. 어쩌면 K가 고백할지도 모른다고 태영은 생각했다. K가 목걸이를 꺼낸 것은 바로 그때였다. 금으로 된 얇은 줄에 오팔 펜던트. K는 그것을 주머니에서 성의 없이 꺼냈다.

너 할래?

태영은 자동적으로 손을 내밀었다가 멈칫했다. 얼굴이 화륵 달아올랐고, 순간 손날이 약간 기울어졌다. 마치 누군가 자신의 손목을 비틀기라도 한 것처럼. 목걸이는 땅에 떨어졌다. 오팔 펜던트에 흠집이 났다.

순식간에 목걸이는 K의 바지 주머니로
들어갔다.

　　태영은 그 기억을 떠올릴 때마다 손을
움켜쥐었다. 손날을 기울인 것이, 그러한
거절의 제스처를 취한 것이, 진짜 자신의
마음에서 기인한 행동이었는지 알 수 없었다.
때때로 태영은 그 순간에 둘을 결코 연인으로
이어주지 않겠다는, 자신은 이해할 수 없는
의지가 개입되어 있는 것만 같았다. 그 순간의
어긋남을 시작으로, 둘의 마음은 비스듬히
기울어져 서로를 향하지 못하게 된 것 같았다.
어떤 순간에는 원래의 방향으로 짧게나마
돌아와 그의 손을 붙잡기도 하지만, 태영이
결코 해명할 수 없는 그 의지가 다시금 둘을
떨어뜨려놓은 게 아니었을까? 정말로 그런
것이라면 그 의지는 도대체 어디서 오는

것일까?

❖

K가 결혼했다.

❖

K의 결혼 후 반년이 흘렀다. 그동안
태영은 K가 말한 대로 했다. 더 많이 읽고,
더 많이 썼다. 원래 하루에 백 쪽을 읽었다면,
그즈음에는 2백 쪽을 읽었다. 마찬가지로
하루에 한 장을 썼다면, 그때는 무리해서
두 장을 썼다. 태영은 지난 반년 동안
낮에는 회사를 다니고 저녁에는 읽고 썼다.
동료들에게서 왜 이렇게 늙어버렸냐는
소리를 듣기도 했다. 책 속에서 압축된 시간을

살아버린 탓에, 태영이 느끼기에도 자신이 급하게 늙어버린 것 같았다.

　그동안 태영이 읽은 것은 칼 세이건의 《코스모스》, 레이 브래드버리의 단편집, 제인 오스틴과 퍼트리샤 하이스미스, 카프카와 밀란 쿤데라, 앨리스 먼로와 도리스 레싱, 윌리엄 트레버와 레이먼드 카버, 앙리 보스코와 가스통 바슐라르, 칼 구스타프 융과 지그문트 프로이트, 모리스 블랑쇼 선집과 마르셀 프루스트의 《잃어버린 시간을 찾아서》 전집이었다.

　쓴 것은 일기뿐이었다. 매일, 한 글자도 퇴고하지 않고, 자신이 기억할 수 있는 시간을 모조리 반추했다. 태영은 그렇게 시간을 흘려보내며 새롭게 다가올 운명과 의지를 기다렸다.

❖

　태영은 마지막 일기에 K와 수업을 함께
들었던 어느 날을 적었다. 그날, 시 창작
수업 시간에, 학생들은 둥그런 테이블에
둘러앉아 있었다. 교수는 우주정거장에서
도킹을 시도하는 우주선 사진을 각자 한 장씩
나눠주었다. 교수는 시를 쓰는 대신 우주선을
그려보라고 했다. 무언가를 쓰려고 하지
말고 일단은 온전하게 느끼는 감각을 충분히
연습하라 했다. 태영은 그 수업이 마음에
들었다. 종이에 코를 박고 열심히 우주선을
그렸다. 시간이 얼마나 지났을까. 고개를
들었을 때, 눈앞이 뿌옇게 흐려지고 경미한
현기증이 일었다. 모두가 태영을 보고 있었다.
태영이 그린 우주선은 복잡했다. 사진에서는
볼 수 없는 우주선의 내부가 복잡한 식물의

잎맥처럼 정교하게 그려져 있었다.

학생은 여기서 시를 쓸 게 아니라 정말 우주선을 그려야 할 것 같군요.

교수가 태영의 그림을 들어보였다.

잘 그렸네!

누군가 소리치듯 말했는데, 그게 K 같았다. 기억은 분명치 않았다. 그 목소리의 주인공이 K여야 해서 그렇게 착각하기로 결정한 것일 수 있었다. 태영은 확인해보고 싶었다. 책상에 앉아 종이를 펼쳤다. 기억을 되짚어 종이 위에 선을 하나씩 그어나갔다. 태영은 푹 빠져들었다. 우주선을 그리는 일은 태영에게 완전한 몰두를 요구하는 것 같았다.

❖

다음 날, 태영은 사무실 복도에서 마주친

K에게 그림을 보여주었다.

우주선이야.

K는 당황했다.

우주선?

그래, 우주선.

우주선?

기억 안 나?

기억?

둘 사이에 긴 침묵이 떴다. K가 아,
커피…… 하고 방향을 틀지 않았다면 복도
한가운데에 석고상처럼 굳은 채 서로의
떨떠름한 표정을 들키고 말았을 것이다.
태영은 K의 멀어지는 뒷모습을 눈으로
흘기다가 사무실로 돌아갔다. 역시 그때 그
목소리의 주인은 K가 아니었을까. 태영은
우주선 그림을 두 번 접어 주머니에 넣었고,
오직 펼친 종이 위에서만 뚜렷하다가

금세 눈앞에서 사라져버린 그것이, 자신의
불완전한 기억과 비슷하다고 느꼈다.

❖

　　폭우 예보가 있어 종일 흐리던 날, 태영은
회사 일에 필요한 건축 자문을 구하기
위해 홀로 출장을 떠났다. 산자락에 위치한
건축 사무소는 숲에 둘러싸인 건물이었다.
그곳에서 태영은 사무소를 지키던 한 남자를
만났다. 그는 다소 늦은 나이에 유학을
다녀온 후 혼자 작업할 공간을 마련해
그곳에서 여러 건축 업무를 보고 있었다. 그는
태영에게 커피를 내주면서 태영의 가방에서
비죽 튀어나와 모서리를 드러내고 있던 한
권의 책에 관심을 두었다. 그것은 출장지로
떠나올 때 기차에서 읽으려 급히 집어온 앙리

보스코의 소설이었고, 그 책에 우연하게도
책갈피를 대신해 여러 겹으로 접힌 종이가
꽂혀 있었다.

혹시 봐도 될까요?

남자의 조심스러운 부탁에 태영은 거리낌
없이 그 종이를 펼쳐 보여주었다. 그것은
태영이 그린 우주선이었다. 남자는 유리
테이블 위에 팔을 괸 채 고심하듯 그림을
내려다보았다. 그는 그림을 거꾸로 보고
있었다. 어차피 그림은 길쭉한 동그라미에
무수한 선이 겹쳐져, 딱히 위와 아래를 구분할
수 없었고, 처음 보는 사람은 어느 쪽이
정방향인지 쉽게 알아차릴 수 없는 형태였다.
하지만 태영은 그가 그림을 거꾸로 보고
있다는 사실을 일러주지 않았다. 그가 보고
있는 것이 무엇인지도 일러주지 않았다.

우주선이네요.

태영은 놀랐다.

어떻게 아셨어요?

저도 비슷한 걸 그린 적이 있어요. 캡슐
호텔이라고 놀림을 받았었죠.

언제요?

학생 때요. 시 창작 수업을 들은 적
있거든요. 그 수업에서 이런 걸 그리게 했죠.

그가 쑥스러운 듯 웃었다. 태영은 자신이
같은 수업을 들은 것 같다는 말을 하진
않았다.

저는 작년에 이걸 그렸어요.

지금 당신은 몇 살이죠?

서른여섯이요.

그럼 이건,

남자는 태영이 건넨 명함을 다시금 들춰
보았다.

이건 TY-35네요.

그게 뭔데요?

태영이 서른다섯에 그린 우주선이요.

그 순간 흐리던 하늘에서 벼락이 치더니 비가 쏟아졌다. 사방을 두른 건물 창으로 나무의 형상이 흐릿해졌다. 두꺼운 창을 두드리는 빗소리가 불에 콩을 튀겨내는 것처럼 들렸다. 무수한 작은 별이 그곳으로 떨어지는 것만 같았다. 태영은 어깨를 움츠린 채 바깥을 내다보았다.

왜 이걸 그린 거예요?

남자의 부드러운 목소리에 태영의 긴장이 조금씩 풀어졌다.

무언가 떠올랐는데, 그게 아직 눈앞에 없어서 초조할 때가 있잖아요.

태영은 덧붙여 말했다.

보이던 게 갑자기 사라질까 무서웠나 봐요.

둘은 한동안 서로의 눈을 들여다보았다.
방금 태영이 건넨 말이, 자력이 되어 그를
끌어당기고 있었다. 남자가 천천히 입을
열었다.

갑자기 당신이 내 앞에서 사라지면 좀
무서울 것 같긴 하네요.

설마 제가 유령일까 봐요?

남자는 태영을 지그시 바라보았다. 태영이
정말로 유령인지 알아내기라도 하겠다는 듯
진지한 눈빛이었다. 태영은 그 눈길을 피하지
않았다.

둘은 곧 사랑에 빠졌고, 1년 후 결혼하게
되었다. 태영의 결혼식에 K가 아내와 함께
왔다. 임신 20주차인 K의 아내는, 태영이

결혼식에서 처음 그녀를 보았던 때보다 훨씬
뽀얗게 빛나고 있었다. 태영은 남자의 건축
사무소 일을 돕기로 해서 결혼 전 이미 회사를
그만둔 상태였다. K와 그 아내는 진심으로
태영의 결혼을 축하했다. 그 축하에는 더 이상
태영과 얼굴을 마주치지 않아도 되는 K의
안도감이 포함되어 있는 것 같았다. 태영은
한때 K의 곁에 있기를 원했지만, 이제는 K가
아니어도 자신이 행복해질 수 있다는 걸
알았다. 그래서 그의 안도감을 알아차리고도
서운하지 않았다. 하지만 만약 자신이 K와
이루어졌다면 어땠을까, 그런 것이 잠시
궁금하기도 했다. 그때 목걸이를 받으려던
손이 기울어지지 않았다면, 모든 일이
지금과는 달라졌을까.

❖

　태영과 남편은 바르셀로나와 포르투갈로
신혼여행을 떠났고, 아름다운 도시
포르투에서 강도를 만났다. 두 사람은 국립
박물관에 들렀다가 숙소로 오는 길이었다.
강도는, 강도라기보다는 취객에 가까웠다.
오른손에 긴 술병이 들려 있었고, 술병은 반쯤
비어 있었다. 어쨌든 태영과 남편은 겁을
먹었다. 그가 왼손을 바지 주머니에 찔러
넣더니 꽤 날카로워 보이는 작은 칼을 꺼냈기
때문이었다. 강도는 칼을 든 손을 양옆으로
휘두르며 지껄였지만 두 사람은 무슨 말인지
도통 알아들을 수 없었다. 오후 5시가 넘어갈
무렵, 그 길에는 사람이 한 명도 없었다.

　가방에 여권 있어?

　응, 여권하고 다른 것들도 조금.

어떡하지?

일단 가방이라도 던져줄까?

강도는 술병을 바닥에 내던졌다. 흔들거리면서 태영 쪽으로 다가왔다.

괜히 겁만 주는 걸 수도 있어.

남편이 가방을 오른손에 꼭 움켜쥐고 태영보다 반보 앞서며 말했다.

안 돼. 괜한 짓 하지 마. 그냥 가방 던져주고 가자.

그러나 남편은 태영의 말을 듣지 않고 반보씩 강도 쪽으로 향했다. 강도는 다가오는 남편을 보고 조금 주춤하다가 기세에 밀릴 수 없다는 듯 그에게로 다가왔다.

안 돼! 가지 마! 죽으면 어떡해! 죽으면 어떻게 하냐고!

갑자기 태영이 미친 사람처럼 소리를 질러 강도와 남편은 몸이 떨릴 만큼 놀랐다.

태영은 메고 있던 가방을 힘껏 취객에게
던졌다. 강도는 떨어진 가방을 잽싸게 낚아채
도망갔다. 태영은 얼빠진 얼굴로 서 있다가
갑자기 울음을 터뜨렸다. 눈물이 터져 나올
때, 태영은 문득 숨통이 트이는 기분이었다.
코와 입을 거칠게 막고 있던 무언가가 사라진
것 같았다. 남편이 다가와 태영을 안고
다독였다.

괜찮아?

태영은 남편의 말에 대답하지 않고,
그의 허리를 꼭 안았다. 그도 말없이 태영을
안았다.

그 가방에 또 뭐가 있었지?

TY-35.

응?

우주선 그림.

그거 갖고 왔었어?

가이드북에 꽂혀 있었을 거야.

그럼 우리 우주선이랑 책도 잃어버렸네.

그런 건 얼마든지 잃어도 돼.

다행히 신용카드 하나랑 남은 유로는
숙소에 있어.

두 사람은 서로에게 안긴 채 계속 대화를
이어갔다. 남편은 태영에게 여러 번 괜찮다고
말했다. 그 말을 듣는 동안 태영은 정말로
괜찮아지는 기분이 들었다. 점점 여유를
되찾은 두 사람은 강도에게 기구한 사연이
있을 거라고, 그는 약에 취했던 건지도
모른다고 이야기했다. 그러다가 여권을
잃었으니 대사관에 연락해야 할 텐데, 이런 건
해본 적 없어 왠지 떨린다며 서로에게 그 일을
미뤘다. 둘은 왠지 웃음이 났다. 다시 한번
남편이 태영을 꼭 안았고 태영은 잠시 눈을
감고 그의 어깨에서 풍겨오는 달콤한 체취를

맡았다. 그 품은 태영에게 꼭 알맞았다.

아늑한 침대에 누워 안긴 것처럼 포근했다.

당신이 옆에 있으니까 하나도 불안하지

않아.

태영은 남편의 허리를 두 팔로

감싸안으며 늘 이랬으면 좋겠다고 생각했다.

어떤 일이 닥쳐도 늘 별일 아닌 것처럼 웃으며

지낼 수 있길. 불행의 그림자가 사랑을 더욱

단단하게 만들어주길. 그 불행이 두 사람을

완전히 어둡게 덮쳐 오지는 않길. 태영은

간절히 소원하며 두 눈을 꼭 감았다.

3

어린 K가 눈을 떴을 때, 처음 보인

것은 뿌옇게 김이 서린 천장의 불빛이었다.

그다음으로 K를 안고 있는 남자의 얼굴이

보였다. 그는 걱정 어린 얼굴로 K를 보고
있었다. 주변에서 깨어났네, 다행이네, 하는
목소리가 들렸다. K를 안고 있던 남자는 K의
몸을 긴 수건으로 감쌌다. 그리고 그를 번쩍
안아 들고 목욕탕을 나와 K의 몸에 묻은
물기를 말리고 평상 위에 눕혔다.

정신이 드니?

그제야 K는 자신을 내려다보는 남자가
아빠인 것을 알아차렸다.

아빠.

K는 기억을 더듬었다. 목욕탕 욕조의
가장자리를 한 발씩 디뎌 걷다가 물에 빠진
순간이 떠올랐다.

아빠, 내가 죽었어?

남자는 K의 차가운 이마를 쓸었다.

잠시 정신을 잃었던 거야.

K는 자신이 죽지 않았다는 소리에 안심한

듯 숨을 길게 내쉬었다. 그런 후 나른한
기운에 취해 다시금 잠에 빠져들었다.

　　K는 꿈에서도 목욕탕에 있었다. 그리고
그곳에 여자아이가 있었다. 그 여자아이는
방금 전 현실의 자신처럼 탕의 가장자리를
위태롭게 걷고 있었다. K는 그 여자아이가 곧
물에 빠질 거라고 생각했고, 꿈은 여지없이
그의 생각대로 되었다. 이럴 줄 알았어. K는
자신이 예견한 대로 이루어지는 꿈속에서
담담했다. 할 일을 할 뿐이라는 태도로
여자아이를 향해 팔을 길게 뻗었다. 꿈이라
그런 것인지 K의 팔은 그가 원하는 만큼
길어졌고, 물속에서 수초처럼 흔들리는
여자아이의 머리카락에 닿았다. K는 조급하지
않았다. 팔에 닿은 물은 기분 좋을 정도로
따뜻했고 시간은 느리게 흐르는 듯했다.

얼마나 지났을까. K는 가늠할 수 없었다.

3분 혹은 세 시간, 어쩌면 사흘이 지났을지

몰랐다. 그런 생각을 하는 사이 K는 팔을

간지럽히는 머리카락의 흔들림을 지나

이윽고 여자아이의 팔을 잡았다. 눈을 꼭

감은 여자아이는 거의 본능적으로 K의 팔을

우악스럽게 끌어당겨 손을 붙들었다. K도

힘껏 그 손을 잡아당겼다. 곧 여자아이의

젖은 얼굴이 수면 위로 드러났다. 여자아이는

반짝 눈을 떴다. 살아 있다는 신호를 보내듯

여자아이는 거칠게 숨을 쉬었다. K도

여자아이와 같은 방식으로 숨을 쉬었다.

아마도 두 사람의 손이 여전히 떨어지지

않아서, 그렇게 서로 연결되어 있어서, 한쪽의

반응을 다른 쪽이 자연스럽게 흡수하는

것이라고 K는 짐작했다. 곧이어 어른들이

여자아이 주변으로 몰려왔고, 그즈음 두

사람의 숨소리는 차분해졌다. 이제 됐어.
그렇게 생각하며 K는 여자아이의 손을
놓고 떠나려 했다. 그러나 여자아이는 손을
놓아주지 않았다. K가 손을 비틀어 빼내려
하자 더 힘을 주어 K를 붙잡았다. 그 이후 K는
꿈에서도 현실에서도 그토록 간절한 악력을
경험하지 못했다. K는 포기한 채 붙들려
있었다. 여자아이가 손을 놓아줄 때까지
혹은 그 자신이 꿈에서 깨어날 때까지, K는
기다려야 했다.

❖

그다음으로 눈을 떴을 때, K는 자신의
방에 누워 있었다. 방에서 나오자 남자가 혼자
식탁에 앉아 밥을 먹고 있었다.

아빠.

남자는 곧 K를 돌아보았고 그 앞에 다가와 무릎을 꿇고 앉아 이제 괜찮은 거냐고 물었다.

이렇게 오래 잠을 자다니. 하루가 다 지나도록 잤어. 괜찮은 거니?

괜찮아. 아무렇지 않아.

K는 남자 앞에서 한 바퀴 돌아보았다. 약간 어지러워 곧 무릎을 꿇고 주저앉았다.

좀 더 쉬어야겠네.

그렇지만 K는 다급한 듯 남자의 옷깃을 붙들고 말했다.

아빠, 나 이상한 꿈 꿨어.

남자는 K를 내려다보며 무슨 꿈이냐고 물었다.

물에 빠진 여자아이를 구했는데, 그 애가 아주 오랫동안 내 손을 놓지 않는 꿈이었어.

꿈에서 여자친구를 사귄 모양이구나.

아니야, 그런 게 아니라.

K는 얼굴이 붉어진 채 말을 이어갔다.

계속 손을 잡고 있어서, 나는 그 애 옆을 떠나지 못하고 지켜봤어. 그 애가 어른이 돼서 우주선을 탈 때까지. 그 애가 좋아하는 사람과 헤어지고 우주로 갈 때까지.

정말이야? 널 우주선에 태우진 않았고?

우주선에 탈 때는 내 손을 놓아줬어.

그 애는 착한 아이구나.

왜?

혼자서 우주에 가는 일은 두렵고 외로웠을 텐데, 너를 데려가지 않은 걸 보니까.

어린 K는 남자의 말뜻을 이해할 수 없었지만, 그가 웃고 있어서 그냥 따라 웃었다. 무엇보다 K는 남자가 자신의 이야기에 흥미를 보이자 신이 났다.

더 할 얘기가 많아.

일단 밥을 먹자.

남자는 K를 부축해 식탁으로
데려갔다. 남자는 K의 밥그릇에 밥을 펐다.
계란프라이를 부치면서 K의 이야기를 들었다.

굉장한 꿈이구나. 얼른 일기장에라도
적어두어야겠어.

K는 남자의 말대로 일기장을 펼쳐 그
이야기를 적어보려 했다. 그러나 K는 자신이
남자에게 전한 꿈의 이야기를 문장으로 옮길
수 없었다. K는 일기장을 들고 남자의 방문을
두드렸다.

아빠, 아무것도 못 쓰겠어.

남자는 K의 빈 일기장을 펼쳐 보았다.

그럴 때는 기다려봐.

남자는 엷은 미소를 띠고 K에게 말했다.

언제까지 기다려?

생각이 날 때까지.

그게 언젠데?

그건 모르지.

빨리 생각나면 좋겠어. 다 잊어버리기
전에.

오랫동안 생각이 안 날 수도 있어.

그건, 싫은데…….

그래, 그건 싫은데, 어쩌면 계속 기다리게
될 수도 있어.

안 기다리면 안 돼?

안 기다릴 수 있으면 그래도 되겠지.

그럼 안 기다릴래.

그렇게 말해놓고 계속 기다릴 수도 있어.

그냥 아빠가 써줘. 나 대신.

그건 불가능해.

왜?

이건 네 이야기잖아. 누구에게도 미룰 수

없어.

　남자는 아주 나중에라도 K가 직접 이것을 써야 한다고 했다. 어린 K는 그때 처음으로 알았다. 누구도 대신해줄 수 없는 자신만의 일이 있다는 것을.

❖

　어른이 된 K는 여전히 그 꿈을 기억했다. 하루도 잊지 않았다. 가만히 눈을 뜨고 있으면 눈앞으로 꿈이 흘러다닐 때도 있었다. 꿈은 약 올리듯 둥둥 K의 얼굴 주변을 떠다녔다. 손을 뻗어 자신을 잡으라 유혹했다. 하지만 K의 손에 꿈이 잡힐 리 없었다. 그것은 구체적인 형상을 지닌 물질이 아니었다. 잡고 만질 수 있는 것이 아니었다.

K의 애인은 그 꿈 이야기를 듣길
좋아했다. 그들은 한 건축가가 인적이 드문
숲에 자기 부인을 위해 지었다는 카페에서
자주 만났다. 길쭉한 캡슐 형태로 만들어진
그곳은 K의 꿈에 나온 우주선과 아주 닮아
있었고, 그래서인지 그 카페에 갈 때마다
둘은 K의 꿈에 대해 종종 말했다. 그럴 때면
그들은 마치 꿈속 우주선을 타고 있는 듯한
기분이었다.

카페의 좁은 철문을 열면 드러나는 좁고
긴 내부, 그리 넓지 않은 공간에 테이블이
다섯 개 놓여 있었다. 무엇보다 시선을 끄는
것은 입구 양옆에 쌓여 있는 상자와 책이었다.
K는 오른쪽 벽으로 다가가 옆으로 누워 있는
책을 하나씩 살폈다. 칼 세이건의 《코스모스》,
레이 브래드버리의 단편집이 먼저 눈에
띄었다. 그다음으로 제인 오스틴과 퍼트리샤

하이스미스, 카프카와 밀란 쿤데라, 앨리스
먼로와 도리스 레싱의 책들이 보였다. 윌리엄
트레버와 레이먼드 카버, 앙리 보스코와
가스통 바슐라르의 책은 비스듬히 세워져
있었다. 얼마나 오래되었는지 칼 구스타프
융과 지그문트 프로이트, 모리스 블랑쇼
선집과 마르셀 프루스트의《잃어버린 시간을
찾아서》전집은 책배에 갈색 곰팡이가 점점이
묻어 있었다. K는 그것을 애정 어린 시선으로
훑었다. 그러는 동안 애인은 반대편에 쌓여
있던 상자들을 하나둘 세고 있었다. 애인은
지난번보다 상자의 수가 줄었다고 말했다.
애인은 상자가 전부 사라지면 이 카페도
사라지게 되는 게 아니냐며 농담을 했고, K는
그렇지 않을 거라고 확신에 차서 말했다.

　　어떻게 알아?

　　애인이 K를 놀리고 싶다는 듯 입가에

미소를 걸고 물었다.

　나는 미래를 보니까.

　몇 초가 지나서야 K는 자신이 꿈에 나온
여자의 말을 따라 한 걸 알았다. 왜 그랬을까.
K의 마음이 복잡해진 찰나 애인이 그의
팔짱을 꼈다.

　잠시 후 그들은 유일한 창가 자리에
앉았다. 하나뿐인 창에 별들이 흩뿌려진
검회색 시트지를 발라 햇빛을 차단한 그
우주선 카페에서, 그들이 주문할 수 있는
메뉴는 블록으로 된 오트밀을 멸균우유에
넣어 갈아놓은 오트 라테와 설탕물에 절인
통조림 과일뿐이었다. 애인은 우주 식량치곤
맛있지 않느냐고 했다.

　K는 다정하고 상상력이 풍부한 사람을
만난 것을 행운으로 여겼다. 언제나 자신의
이야기에 귀를 열고 들어주는 애인의 존재가

감사했다.

아마도 이 꿈 이야기를 듣기 위해서, 널 사랑하게 된 것 같아.

애인은 그렇게 말하곤 했다. 정말로 그런 것이라면, K는 그것으로 어릴 적 꿈은 역할을 다한 것이라 생각했다. 이제 떠나보내줄 때가 된 것 같았다. 그렇지만 꿈은 K를 떠나지 않았다.

우리가 이렇게 만나지 못했을 수도 있다고 생각하면 가슴이 덜컥 내려앉아. 그때 네가 목걸이를 받아주지 않았다면 어떻게 되었을까?

애인은 목깃에 가려 보이지 않던 오팔 목걸이 펜던트를 꺼내 보였다.

왜 그런 생각을 해?

꿈에서 그 여자아이는 사랑하는 사람과 맺어지지 않았거든. 난 봤잖아. 그 애가

어른이 되어 홀로 우주선에 타는 걸. 어릴
때는 잘 몰랐지만 커가면서 그게 슬픈 일인 걸
알았어.

애인은 K의 머리를 부드럽게 쓰다듬었다.
너무 슬퍼하지 마.

사실은 언제부터인가 그 여자아이의
얼굴이 흐릿해졌어. 그래서 네 얼굴을 대신
떠올리기 시작했지. 너무 어릴 때 꾼 꿈이라,
아마도 꿈의 기억이 나한테서 점점 멀어지고
있나 봐.

애인은 K의 머리에서 손을 떼고 두 팔로
턱을 괴었다. 물끄러미 그를 바라보았다.

몰랐어? 그 꿈의 아이가 나인데?

애인의 농담에 K는 웃었다. 애인은 진지한
얼굴이었다. 크리스털 유리잔에 담긴 달콤한
과일물을 한 모금 들이키더니, 애인은 목을
가다듬고 약간 낮은 목소리로 말했다.

내 우주선에 온 걸 환영해. 드디어 너를
초대할 수 있게 되었네.

애인은 K의 앞에 놓인 오트 라테를 공손히
손으로 가리켰다. K는 미소를 지으며 그것을
한 입 마셨다.

나 혼자 이 우주선에서 얼마나
외로웠는지 알아?

K는 갑자기 시작된 애인의 연극을
흥미롭게 지켜보았다.

네가 문을 열지 않았다면 이 고독한
우주선은 또 제멋대로 떠올랐을 거야.

K는 애인의 말을 가만히 곱씹었다.
방금 전 자신이 지구에 불시착한 캡슐 모양
우주선에 다가가 끼릭거리는 낡은 철문을
열어젖힌 것만 같았다.

널 발견해서 얼마나 다행인지 몰라.

날 발견해줘서 고마워.

애인은 고개를 기울이더니 두 손으로
팔을 쓸었다.

왜 그래?

갑자기 한기가 들어서.

K는 애인의 앞에 놓인 크리스털 유리잔을
가져와, 목구멍이 쓰릴 만큼 달콤한 과일물을
들이켰다. 마치 마법의 물을 마신 것처럼 K의
몸에도 서늘한 기운이 돌았다. 몸에 깃든 추위
탓에, K는 어릴 적 해변가에서 덜덜 떨었던
순간을 기억해냈다.

어렸을 때, 아빠랑 바닷가에 놀러갔다가
바다 가까이 모래사장에 누운 적이 있어.
얼마나 누워 있었는지 몰라. 갑자기 파도가
밀려와서 내 코와 입을 덮고 숨을 다
막아버렸지. 놀라서 몸을 벌떡 일으켰어.
그리고 보았어. 밀려오고 다시 떠밀려 갈 때,
어쩔 수 없다는 듯 뒤로 끌려가면서도 나에게

손을 뻗는 파도의 하얀 손을. 그걸 잡으려고
바다로 뛰어들었다가 파도에 휩쓸릴 뻔했어.

애인은 말없이 K를 바라보았다.

그때 나도 소름이 돋고 너무 추웠어. 뭔가,
너무 외롭던데.

애인이 그에게 손을 내밀었다.

나한테 손을 줘.

두 사람은 컵 위에서 손을 맞잡았고, 탁자
위로 천천히 팔을 내렸다. K의 팔에 부딪혀
과일물이 담긴 유리잔이 달그락, 소리를
냈다. 잔은 바닥으로 떨어질 것처럼 테이블
가장자리에서 흔들리더니 곧 중심을 잡았다.

괜찮아. 떨어질 리 없어.

애인이 다정한 목소리로 K에게 말했다. 그
말이 신호라도 된 듯 주위가 약하게 흔들렸다.

뭐지?

애인도 놀랐는지 눈을 크게 뜨고 그를

봤다. 귓가에서 부욱, 부욱, 기괴한 소리가
났다.

옆을 봐.

소리가 나는 쪽으로 고개를 돌리자 창
바깥에서 카페 주인이 검회색 시트지를 뜯고
있었다. 시트지가 둘둘 말려 벗겨져나가자,
바깥으로 연둣빛 잎이 넓게 퍼진 참나무가
눈에 들어왔다. 창에는 안쪽에 붙인 별 모양
스티커만 하얀 먼지처럼 남았다. K는 밝아진
창밖을 망연히 건너다보았다.

그동안 어둡지 않았어요?

창을 투과해 들어오는 카페 주인의
목소리가 희미했다. K는 잠시 고민하다가
그에게 들리도록 큰 소리로 대답했다.

어두워도 괜찮았어요.

K는 그게 자기가 하는 말 같지 않았다.
누군가 자신의 입을 통해 꼭 해야 할 말을

전하는 것 같았다.

❖

　　K는 애인을 데려다주고 오는 길에 문득
어릴 적 아버지와 나눈 대화가 떠올랐다.
고가 밑 8차선 도로를 지날 때였다. 차량이
줄어든 도로는 한산했고 조금 어두웠지만
K는 익숙하게 다니던 길이라 자신이 가야 할
방향을 충분히 알고 있었다. 좌회전 신호를
기다리며 K는 오랫동안 미뤄두었던 꿈
이야기를 이제 쓸 시간이 되었다고 생각했다.
머릿속에서 문장들이 조각조각 떠올랐고,
그것이 금방이라도 사라질까 K는 초조했다.
그는 그것을 잊지 않기 위해 입 밖으로 소리
내어 웅얼거렸다. 신호가 떨어지자 K는
핸들을 꺾고 유도선을 따라 좌측으로 돌았다.

그 순간 애인의 얼굴이 떠올랐다. 그러자
신기로운 행복감이 K의 온몸을 감쌌다.
동시에 중력을 잃은 듯 하늘로 떠오르는
기분. K는 이것은 어떤 예감이 아닌가 싶었다.
기이한 꿈과 외로움이 섞인. 그러나 그 예감은
너무 희미해서 끊임없이 중얼거리는 목소리에
묻혔고, 홀연히 우주로 날아간 듯 잊히고
말았다.

작가의 말

올해는 소설을 많이 썼다. 거의 매일 책상에 앉았다. 다른 목적이 아닌 오직 소설을 쓰기 위해 그랬다. 그러고 보면 언제나 이런 생활을 바랐지만 사람의 마음은 어딘가 모난 데가 있나 보다. 바라던 것이 이루어지면 또 다른 것을 바라게 된다. 소설만 쓰고 살아가다 보면 결국 소설도 쓸 수 없게 될 것 같아 다른 걸 바라게 되는지도 모르겠다.

《예감의 우주》는 하루 종일 소설만

쓰고 싶다고 소망하던 시기에 부지런히
썼던 소설이다. 그때 나는 예감하고 있었다.
내가 소설을 계속 쓰는 미래를. 그리고 어떤
존재를 자꾸 떠올렸다. 영원히 손에 잡히지
않을 무언가 소원하고 그러다 외로워지고
외로워지다 오히려 감미로워진 어떤 사람을.
그게 누구였을까? 아무래도 나라고밖에 할 수
없을 듯하다. 어쨌든 그 사람은 소설 속으로
들어갔다. 물론 그때부터는 더 이상 나라고 할
수 없는 소설 속 인물이 되었다.

　　위픽이 아니었다면 이 소설을 언제
세상에 내놓았을까, 계속 내놓지 못하고
숨겨만 두었을까, 그런 생각을 자주 했다. 이
소설은 혼자 오랫동안 폴더 안에서 묵묵했다.
정말로 외로웠을 것이다. 그렇게 외로운
것이라 항상 마음이 갔다. 이제는 외로워하지

마, 라고 말하는 건 어울리지 않아서 외로운
채 세상에 나가보겠니, 어디 한번 그래보겠니,
그렇게 말을 건네야겠다.

　　아무것도 안 될 것 같은 나날을 함께
통과해준 소설이다. 내가 참 좋아하는
소설이다. 이 소설을 세상에 꺼낼 기회를
준 위픽에 감사드린다. 그럼, 이제 또 다른
예감을 해볼까. 오래 외로웠던 이가 다정한
우주에 닿기를.

2024년 11월

김나현

김나현 작가 인터뷰

Q. 《예감의 우주》는 '예감'이라는 특별한 능력을 가진 어떤 여자가 홀로 우주선에 타는 장면으로부터 시작됩니다. 고독한 우주선 안에서 외로움을 견디기 위해 여자는 예감이 없었다면 달랐을 삶을 상상해보는데요. 이 작품을 어떻게 시작하게 되셨는지 궁금합니다. 특별히 마음에 담아둔 장면이나 사건이 있었을까요?

A. 이 소설을 쓸 무렵 저는 회사에 다니고 있었어요. 퇴근 후 어떻게든 소설을 써보려 애쓰고 있었고요. 주로 집에 돌아와 밥을 먹고 밤이 무르익으면 소설을 쓰곤 했는데, 이 소설의 집필 과정을 떠올리면 해가 밝은 시간이 아니라 늘 어두운 시간에 썼다는 인상이 강하게 남아 있어요. 더군다나 그즈음 제가 쓴 소설을 아무에게도 보여주지 않게

된 시기라 매일 애써서 쓴 것을 저 혼자 읽는 시간들이 많았고요. 돌이켜보면 그때 아무도 읽지 않을 소설을 쓴다는 데서 오는 기이한 충만감이 있었던 것 같아요. 조용한 밤에 혼자 소설을 쓰고, 그것을 결국에는 혼자 읽게 되리란 고독한 예감이 이 소설을 자연스럽게 이끌어가지 않았나 싶어요.

특별히 마음에 두는 장면은 여자가 우주선의 설계도를 펼치자 종이 속 그림이 허공으로 떠올라 원룸의 절반을 입체적으로 채워가는 순간이에요. 그걸 쓸 때 여자가 좁은 공간을 통과하기 위해 숨을 들이켠 후 벽과 우주선 사이를 지나가는 동작이 생생히 그려졌어요. 그 순간을 통과하면서 우주선이 더 이상 여자의 예감이나 공상에 머무르지 않고 현실이 되어 삶에 들어오게 된 것 같아요.

사실 이 소설은 대부분의 장면이 마음에 남긴 해요. 실제로 포르투갈 여행을 다녀온 후 몇 년이 지나 쓴 것이기도 하고, 어릴 때 목욕탕에서 발을 헛디뎌 빠져본 적도 있거든요. 그런 식으로 체험한 일들이 녹아들어 더 각별한 소설이 되었다고 할 수 있을 거예요.

Q. "여러 겹의 선으로 이루어진 길쭉한 동그라미"(30쪽) 모양의 우주선 TY-35는 서로 다른 세계, 혹은 상상 속 여자'들'을 이어주는 역할을 합니다. 하지만 소설 끝까지 여자에게 있어 이 우주선이 어떤 존재인지, 무엇을 의미하는지는 명확하게 정의되지 않는데요. 단순한 도피처 같기도 하고, 여자의 인생에서 중요한 분기점에 나타나는 매개체 같기도 해요. 여자에게 TY-35는 무엇이었을까요?

A. 우주선에 특별한 의미를 담으려고 의도한 건 없었어요. 세 개로 분리된 이야기를 연결할 중심점이 필요했고, 자연스럽게 그 역할을 우주선 TY-35가 맡게 되었죠. 그러고 보면 구상을 명확히 하고 쓸 때도 있지만 전혀 하지 않고 쓸 때도 있는데요. 이 이야기는 후자에 가까웠어요. 멍하니 생각하다가

머릿속에 떠오르는 장면의 이미지를 이어가며 썼어요. 완성하고 나서야 우주선이 이야기의 중심에 있는 걸 알았고요.

이 질문을 통해, 여자에게 TY-35가 무엇이었을까 다시금 생각해보니, 우주선은 여자를 외로운 상태로 가둬놓는 공간이기도 하면서, 한편으로 고독함 속에서 여자가 다른 삶을 꿈꿀 수 있게 만드는 가능성의 세계인 것 같네요. 그 안에서 지독한 외로움을 느끼기도 하지만 평소 읽고 싶던 책을 질리도록 읽고, 예감이 없는 자신을 상상하는 모습도 보여주니까요. 다시 생각해보니 그 상상이 다음에 올 이야기를 불러오고, 결국에는 그것이 한 편의 소설을 쓰는 과정과 비슷하게 느껴지네요.

Q. 여자는 우주선에 탑승하기 전에 캐리어 한가득 책을 챙겨 갑니다. '무인도에 가져갈 단 한 권의 책'으로 자주 언급되곤 하는 칼 세이건의 《코스모스》부터 제인 오스틴, 퍼트리샤 하이스미스, 카프카……. 여자의 캐리어에 넣어줄 책들을 어떤 기준으로 고르셨는지 궁금합니다.

A. 일단 칼 세이건, 레이 브래드버리, 카프카, 밀란 쿤데라, 앨리스 먼로, 도리스 레싱, 윌리엄 트레버, 레이먼드 카버, 가스통 바슐라르는 이제껏 읽어온 중 정말 좋다고 느낀 작가들의 목록이고요. 융, 프로이트, 모리스 블랑쇼, 마르셀 프루스트, 제인 오스틴, 퍼트리샤 하이스미스는 왠지 읽어야만 할 것 같지만 아직 제대로 읽지 못한 작가들입니다. 그리고 소설을 발표하기 전에 《이아생트의

정원》을 읽었는데 그 소설이 가진 영적이고 순수한 아우라에 매료되어 마지막에는 앙리 보스코를 추가하게 되었어요. 말하자면 반복되어 나오는 이 목록은 다분히 개인적인 것이고, 만약 제가 여자처럼 우주선에 타게 된다면 트렁크에 챙겨갈 책들인 거죠.

Q. 소설에는 여자의 상상을 통해 다른 세계에 살고 있을지도 모르는 자기 자신이 등장합니다. 전작 《사랑 사건 오류》에도 여러 겹의 세계를 넘나드는 '평행세계' 구조가 있었는데요, 실재와 상상의 경계를 흐릿하게 푸는 이 설정이 작가님께 주는 매력이 무엇인가요?

A. 어느 쪽이 실재이고 어느 쪽이 상상인지 모르도록 섞어놓는 이 구조를 왜 이렇게 좋아하는지 모르겠어요. 영화 〈인셉션〉을 처음 봤을 때 꿈속에 또 다른 꿈의 지층이 있을 수 있다는 그 겹겹의 설정이 정말 충격적으로 다가왔는데요. 단순히 현실이 꿈과 이중으로 분리된 것이 아니고, 꿈 또한 그 아래 깔린 또 다른 무의식의 차원과 여러 번 분리될 수 있다는 상상의 논리가 매우

신선했어요. 그러면서 한 사람이 가진 세계가 어떻게 꿈꾸느냐에 따라 여러 차원으로 넓어질 수 있는 건 아닌가도 싶었죠.

가끔 제가 회사에서 여전히 근무하고 있다면 어떤 모습일까 그려보곤 해요. 혹은 더 몇 년 전으로 돌아가 어떤 선택들을 하거나 하지 않았다면 어땠을까 생각해보기도 하죠. 지나온 일을 후회하는 건 아니지만, 어딘가 다른 선택의 세계가 있다고 생각하다 보면 그건 그것대로 재밌어서 자꾸 떠올리게 되는 것 같아요. 그 선택들이 어떻게 미래의 일로 뻗어갈 수 있을지, 어떤 결말에 이르게 될지 저조차도 궁금해서 그런 설정을 소설에서 자주 쓰는 것 같아요. 향후에는 어떤 방식으로 쓰게 될지 모르지만, 그래도 지금까지 평행세계의 구조를 가진 형식으로 몇몇 소설을 쓰면서 즐거웠어요. 앞으로도

순수하게 이끌리는 소재나 구성을 발견해

열심히 더 좋은 소설들을 쓰고 싶습니다.

연여름 《2학기 한정 도서부》
서미애 《나의 여자 친구》
김원영 《우리의 클라이밍》
정지돈 《현대적이라고 말할 수 없는 죽음들》
이서수 《첫사랑이 언니에게 남긴 것》
이경희 《매듭 정리》
송경아 《무지개나래 반려동물 납골당》
현호정 《삼색도》
김 현 《고유한 형태》
이민진 《무칭》
김이환 《더 나은 인간》
안 담 《소녀는 따로 자란다》
조현아 《밥줄광대놀음》
김효인 《새로고침》
전혜진 《고르디우스의 매듭을 자르면》
김청귤 《제습기 다이어트》
최의택 《논터널링》
김유담 《스페이스 M》
전삼혜 《나름에게 가는 길》
최진영 《오로라》
이혁진 《단단하고 녹슬지 않는》
강화길 《영희와 제임스》
이문영 《루카스》
현찬양 《인현왕후의 회빙환을 위하여》
차현지 《다다른 날들》
김성중 《두더지 인간》
김서해 《라비우와 링과》
임선우 《0000》
듀 나 《바리》
한유리 《불멸의 인절미》
한정현 《사랑과 연합 0장》
위수정 《칠면조가 숨어 있어》
천희란 《작가의 말》
정보라 《창문》
이주란 《그때는》
김보영 《헤픈 것이다》
이주혜 《중국 앵무새가 있는 방》

위픽은 위즈덤하우스의 단편소설 시리즈입니다.
'단 한 편의 이야기'를 깊게 호흡하는
특별한 경험을 선사합니다.

이 작은 조각이 당신의 세계를 넓혀줄
새로운 한 조각이 되기를.
작은 조각 하나하나가 모여
당신의 이야기가 되기를.

당신의 가슴에 깊이 새겨질
한 조각의 문학, 위픽

위픽 뉴스레터 구독하기
인스타그램 @wefic_book

wefic - 74

예감의 우주

초판 1쇄 발행 2024년 12월 11일
초판 3쇄 발행 2025년 2월 17일

지은이 김나현
펴낸이 최순영

출판2 본부장 박태근
스토리 팀장 김소연
편집 곽선희 김다인 김해지
디자인 김준영 이세호

펴낸곳 ㈜위즈덤하우스 **출판등록** 2000년 5월 23일 제13-1071호
주소 서울특별시 마포구 양화로 19 합정오피스빌딩 17층
전화 02) 2179-5600 **홈페이지** www.wisdomhouse.co.kr

ⓒ 김나현, 2024

ISBN 979-11-7171-725-5 04810
      979-11-6812-700-5 (세트)

값 13,000원